Diseño de la colección: Carla López Bauer

Edición: Llanos de la Torre Verdú

Carretera de Madrid, km 315,700
50012 Zaragoza
Teléfono: 913 344 883
www.edelvives.es

ISBN: 978-84-263-7672-5
Depósito legal: Z-2732-2010

Talleres Gráficos Edelvives (50012 Zaragoza)
Certificado ISO 9001
Impreso en España

COLECCIÓN COLORÍN COLORADO

Epaminondas

Texto
Pepe Maestro

Ilustración
Mariona Cabassa

EDELVIVES

ÉRASE UNA VEZ

UNA MAMÁ NEGRITA QUE UN DÍA TUVO UN NIÑO
Y NADA MÁS VERLO EXCLAMÓ:
—ESTE NIÑO ME HA SALIDO BOBO.
¡BOBO, BOBO Y BOBO!
LO MIRÓ POR ARRIBA Y POR ABAJO,
LO MIRÓ DEL DERECHO Y DEL REVÉS...
Y FINALMENTE LE DIJO:
—MIRA, MI NIÑO, VAS A ECHAR DE MENOS
MUCHAS COSAS EN LA VIDA,
VAS A PASAR UN SINFÍN DE CALAMIDADES,
PERO LO QUE NUNCA TE VA A FALTAR
ES UN BUEN NOMBRE.

FUE DIRECTA AL CALENDARIO Y BUSCÓ EL NOMBRE MÁS RARO QUE PUDO.

—TE LLAMARÁS... EPAMINONDAS.

EL NIÑO, RECIÉN NACIDO, ABRIÓ SORPRENDIDO LOS OJOS Y PREGUNTÓ:

—¿CÓMO?

Y LA MAMÁ VOLVIÓ A REPETIRLE:

—EPAMINONDAS.

EPAMINONDAS SIEMPRE VESTÍA CON UN SOMBRERITO Y UNOS TIRANTES, Y CAMINABA CON LAS PIERNAS UN POQUITO ABIERTAS.

TENÍA LA SUERTE DE QUE SU MADRINA, CADA VEZ QUE IBA A VISITARLA, LE HACÍA UN REGALO.

UNO DE ESOS DÍAS, SU MADRINA, MOSTRÁNDOLE UN BIZCOCHO, LE ADVIRTIÓ:

—MIRA, EPAMINONDAS, LO QUE TE HE COCINADO. AGÁRRALO BIEN FUERTE, NO SE TE VAYA A CAER POR EL CAMINO.

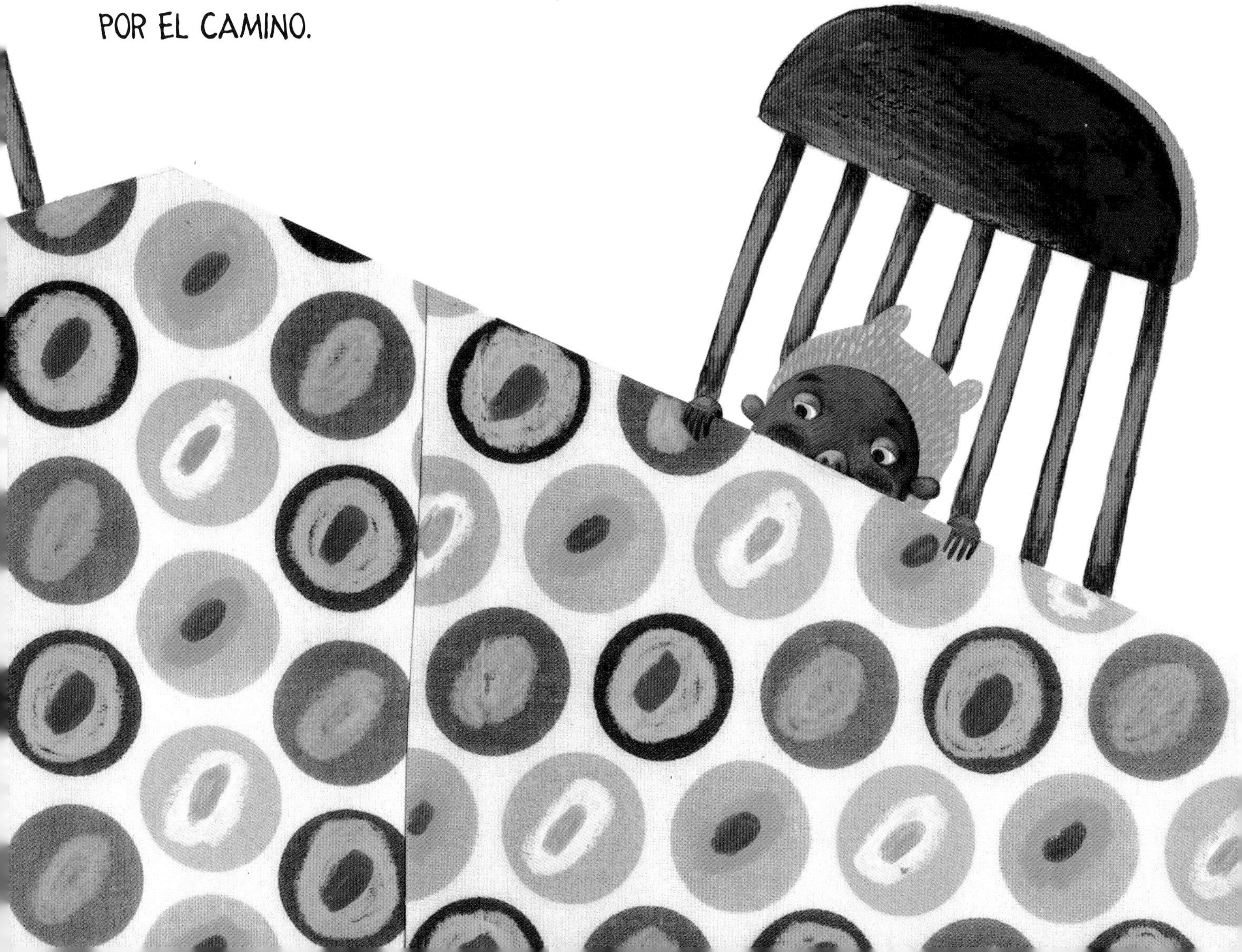

Y EPAMINONDAS, QUE ERA UN POQUITO BOBO
PERO MUY OBEDIENTE, AGARRÓ AQUEL BIZCOCHO
Y LO APRETÓ TAN FUERTE, TAN FUERTE,
QUE AL LLEGAR A SU CASA, ABRIÓ LAS MANOS
Y... ¡EL BIZCOCHO NO ESTABA!
SE LE HABÍA IDO DESMIGANDO POR EL CAMINO.

LA MADRE, AL VERLO, LO REPRENDIÓ:

—PERO, EPAMINONDAS, ¿QUÉ HAS HECHO
DE LA INTELIGENCIA QUE TE DI? EL BIZCOCHO
TE LO TIENES QUE PONER EN LA CABEZA,
COLOCAR ENCIMA EL SOMBRERITO E IR CAMINANDO
MUY DESPACITO PARA QUE NO SE TE CAIGA.

EPAMINONDAS, MIRANDO MUY SERIAMENTE
A SU MADRE, LE CONTESTÓ:

—¡SÍ, MAMI!

AL DÍA SIGUIENTE, EPAMINONDAS FUE DE NUEVO A CASA DE SU MADRINA QUE LO ESTABA ESPERANDO:

—BUENOS DÍAS, EPAMINONDAS. VAS A VER TODO LO QUE HE HECHO HOY: ESTA MAÑANA HE MADRUGADO, HE ORDEÑADO LA VACA Y TE HE PREPARADO ESTE APETITOSO TROZO DE MANTEQUILLA.

EL NIÑO IBA A LLEVÁRSELA CUANDO SE ACORDÓ DE LAS PALABRAS DE SU MADRE.

Y EPAMINONDAS, QUE ERA UN POQUITO BOBO PERO MUY OBEDIENTE, TOMÓ LA MANTEQUILLA, SE LA PUSO EN LA CABEZA, COLOCÓ ENCIMA EL SOMBRERITO Y SE FUE ANDANDO MUY DESPACITO PARA QUE NO SE LE CAYERA.

RESULTÓ QUE ESE DÍA HACÍA UN CALOR INCREÍBLE. EPAMINONDAS LLEGÓ A SU CASA Y, AL QUITARSE EL SOMBRERO, LA MANTEQUILLA YA NO ESTABA EN LA CABEZA, ¡ESTABA DERRETIDA POR TODO SU CUERPO!

LA MADRE, AL VERLO, LO REPRENDIÓ:

—PERO, EPAMINONDAS, ¿QUÉ HAS HECHO DE LA INTELIGENCIA QUE TE DI? LA MANTEQUILLA LA TIENES QUE ENVOLVER EN HOJITAS DE PARRA Y, DESPUÉS, DEBES METERLA EN TODOS LOS CHARQUITOS Y FUENTES QUE ENCUENTRES PARA QUE NO SE DERRITA.

EPAMINONDAS, MIRANDO MUY SERIAMENTE A SU MADRE, LE CONTESTÓ:

—¡SÍ, MAMI!

AL DÍA SIGUIENTE, VOLVIÓ A CASA DE LA MADRINA QUE, ESTA VEZ, LE REGALÓ AL NIÑO UN PERRITO.

A EPAMINONDAS, QUE SIEMPRE HABÍA SOÑADO CON TENER UNO, LE ENCANTÓ EL REGALO.

IBA A LLEVÁRSELO, CUANDO SE ACORDÓ DE LAS PALABRAS DE SU MADRE.

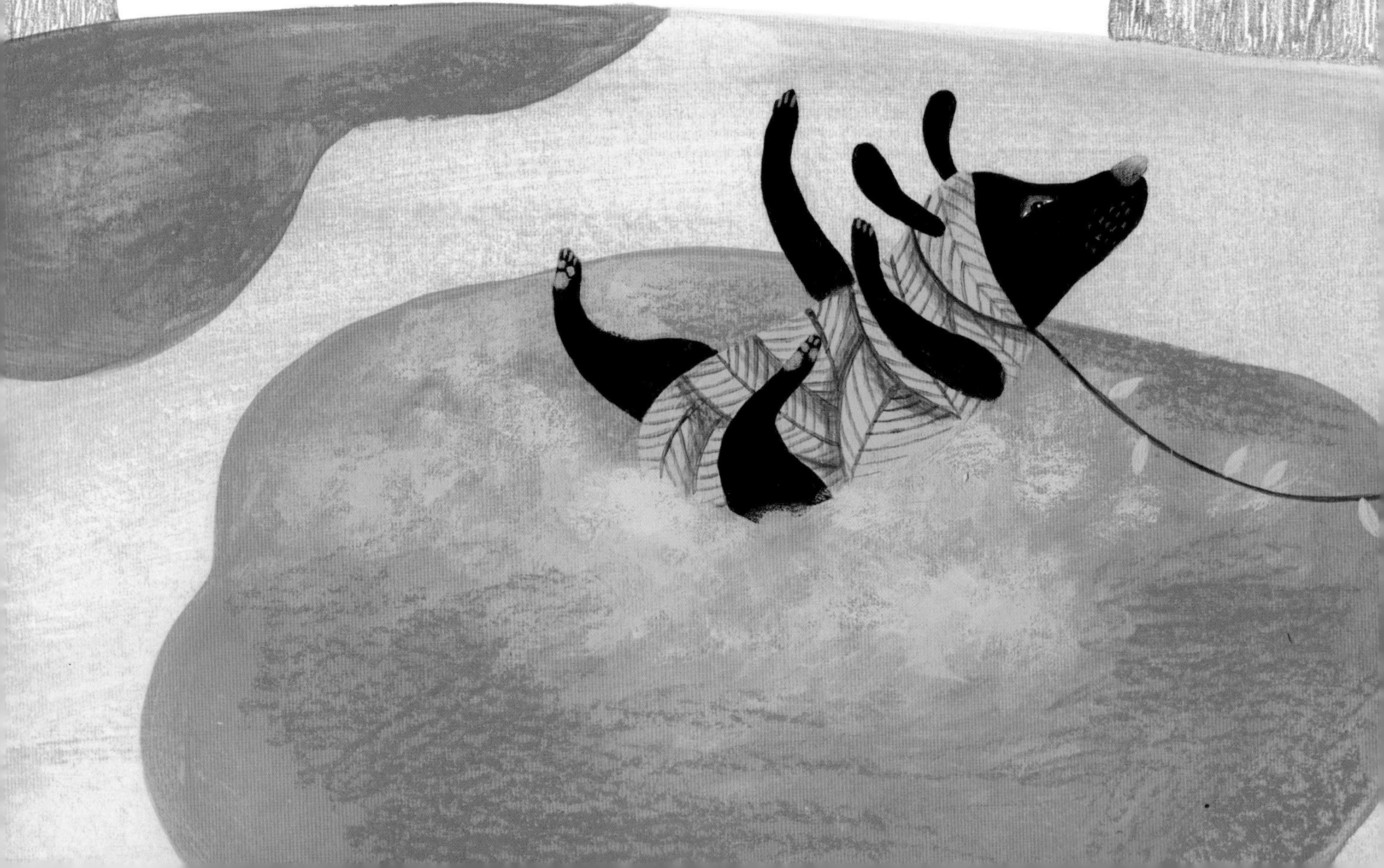

Y EPAMINONDAS, QUE ERA UN POQUITO BOBO PERO MUY OBEDIENTE, SOSTUVO AL PERRO, LO ENVOLVIÓ EN HOJITAS DE PARRA Y LO FUE SUMERGIENDO EN TODOS LOS CHARCOS Y LAS FUENTES QUE ENCONTRÓ..., PARA QUE NO SE DERRITIERA.

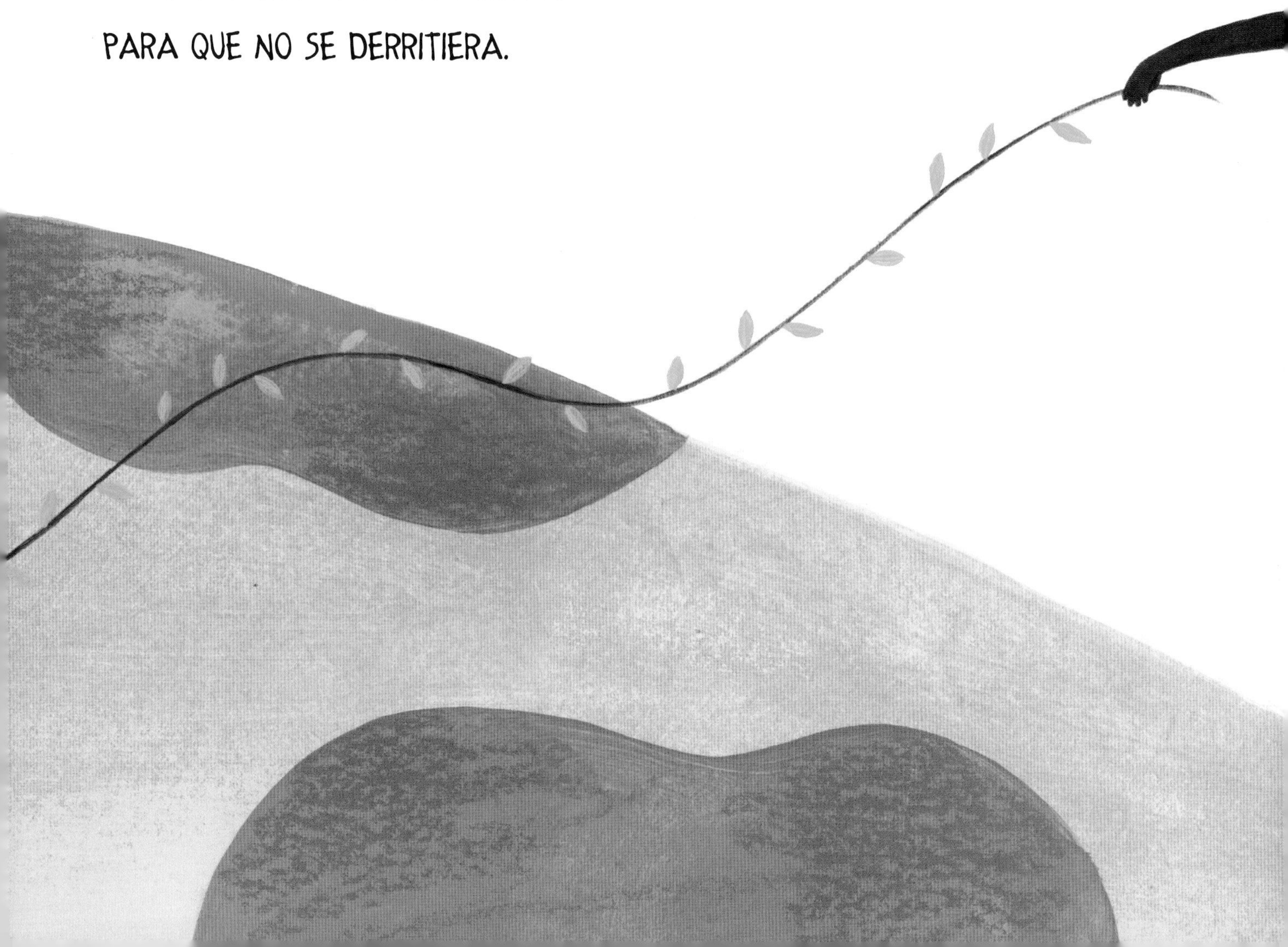

AL LLEGAR A SU CASA, EL POBRE PERRITO ESTABA TITIRITANDO.

LA MADRE, DESPUÉS DE SECAR AL POBRE ANIMAL, LO REPRENDIÓ:

—PERO, EPAMINONDAS, ¿QUÉ HAS HECHO DE LA INTELIGENCIA QUE TE DI? A LOS PERRITOS LES TIENES QUE PONER UNA CUERDECITA EN EL CUELLO Y GUIARLOS CON MUCHO CUIDADO PARA QUE NO SE AHOGUEN.

EPAMINONDAS, MIRANDO MUY SERIAMENTE A SU MADRE, LE CONTESTÓ:

—¡SÍ, MAMI!

AL DÍA SIGUIENTE, CUANDO LA MADRINA LE OFRECIÓ UNA HOGAZA DE PAN, EPAMINONDAS LA AGARRÓ, LE PUSO UNA CUERDECITA Y LA FUE ARRASTRANDO CON MUCHO CUIDADO, PARA QUE NO SE LE AHOGARA.

AL LLEGAR A CASA, EL PAN ESTABA EN UN ESTADO LAMENTABLE.

LA MADRE, AL VERLO, SE LE ACERCÓ GRITANDO:

—PERO, EPAMINONDAS, ¿QUÉ HAS HECHO DE LA INTELIGENCIA QUE TE DI? ¿SABES QUÉ TE DIGO? ¡QUE YA NO IRÁS MÁS A CASA DE LA MADRINA! ¡A PARTIR DE AHORA IRÉ YO Y TÚ TE QUEDARÁS AQUÍ, EN CASITA, ESPERANDO!

EPAMINONDAS, MIRANDO MUY SERIAMENTE A SU MADRE, LE CONTESTÓ:

—¡SÍ, MAMI!

AL DÍA SIGUIENTE, LA MADRE LO PREVINO:

—MIRA, EPAMINONDAS, VOY A VER A LA MADRINA.
SI SALES POR CUALQUIER MOTIVO,
CUÍDATE MUCHO DE PISAR LAS MAGDALENAS
QUE HE DEJADO EN LA ENTRADA
PARA QUE LES DÉ EL AIRE.

EPAMINONDAS SE QUEDÓ EN SU CASA CAZANDO
MOSCAS. Y CUANDO UNO CAZA MOSCAS,
TARDE O TEMPRANO, LE ENTRAN MUCHAS GANAS
DE HACER PIPÍ.

ASÍ QUE SALIÓ AL CAMPO PARA HACERLO
Y VIO FRENTE A LA PUERTA LAS MAGDALENAS.

EL NIÑO SE ACORDÓ DE LA FRASE DE SU MADRE:
«CUÍDATE MUCHO DE PISAR LAS MAGDALENAS».
Y EPAMINONDAS, CUIDÁNDOSE MUCHO,
PISÓ TODAS Y CADA UNA DE LAS MAGDALENAS
QUE HABÍA EN LA ENTRADA.

CUANDO LA MADRE LLEGÓ, NO SABEMOS MUY BIEN LO QUE LE DIJO, PERO FUERA LO QUE FUESE, SEGURO QUE EPAMINONDAS CONTESTÓ:

—¡SÍ, MAMI!

Y COLORÍN COLORADO, ESTE CUENTO SE HA ACABADO.